A ma petite Nadine,
et à son cher papa.
Pili Mandelbaum

© 1989, l'école des loisirs, Paris
Loi 49 956 du 16 juillet 1949,
sur les publications destinées à la jeunesse.
Dépôt légal: avril 2018
ISBN 978-2-211-01709-1

Mise en pages: *Architexte*, Bruxelles
Imprimé en Italie par *Grafiche AZ*, Vérone

Pili Mandelbaum

NOIRE COMME LE CAFÉ
BLANC COMME LA LUNE

PASTEL
l'école des loisirs

- Que se passe-t-il, Nana, tu es triste ?
- Non, papa...

– Je sens que tu me caches quelque chose...
– Non... mais je n'aime pas qu'on me regarde.
– Et pourquoi ?
– Parce que je ne suis pas jolie !

- Pas jolie ? Mais tu es jolie comme un coeur !

- Papa, je n'aime pas la couleur de ma figure, de mes mains, de mes bras...
  Je voudrais tant être comme toi !

- Grande sotte !
Et moi qui ferais tout pour ne pas avoir une figure blanche comme la lune !
Viens voir...

- Si on mélange un peu de ce tube-ci, un peu de celui-là...
Voilà un beau brun. Non, j'ai une meilleure idée !

- Si nous faisions du café au lait ?
- Oh oui, papa, avec beaucoup de lait !

- Tu ne sais pas où maman range les filtres à café ?

- Maman est noire comme le café.

— Toi, tu es blanc comme la lune... non, comme le lait.
Et moi, je suis café au lait !

- Encore un peu de lait, papa !
 Non, non, ça suffit, c'est exactement ta couleur.

Tu ne bois pas ? Que se passe-t-il, Nana ?

- Je voudrais tellement avoir des cheveux comme les tiens, papa !
- Des baguettes de tambour ! Tu veux rire.

— Et si nous échangions nos têtes ?

Rien de tel que le marc de café pour se déguiser !

- Et moi, papa, comment vas-tu me déguiser ?
Pas avec du marc de café quand même ?
- Ça, Nana, c'est une surprise...

Mets-en bien partout et n'oublie pas le cou...

Bravo, elles sont superbes tes papillotes !

A ton tour, Nana.
Je vais t'enfariner comme un Pierrot.

- Je peux mettre ton chapeau ?

Elle croira vraiment que je suis toi.

- Toi, tu es moi !
- Et moi, je suis toi !

- Tu as vu, bon-papa, ils se croient au carnaval.

- ...Maman !

- Qu'est ce que vous avez encore inventé tous les deux !
Occupez-vous de mes paquets, je vais chercher le pain.

- Je crois que maman
  n'est pas très contente...
- Elle est peut-être gênée ?

- Regarde toutes ces dames qui se font friser ou défriser !
On n'est jamais content de la tête qu'on a…

… ni de la couleur de sa peau !

- Maintenant les clowns, tous les deux sous la douche !

- Dis, maman, un morceau de lune qui tombe dans du café noir, ça fait quoi ?
- Ça fait «plouf» ?
- Non... ça fait «moi» !